지인선 0023

도넛, 비어 있음으로 존재한다

도넛, 비어 있음으로 존재한다

 시작 시인선 0023

도넛, 비어 있음으로 존재한다

찍은날 ㅣ 2003년 2월 25일
펴낸날 ㅣ 2003년 3월 3일

지은이 ㅣ 조하혜
펴낸이 ㅣ 김태석
펴낸곳 ㅣ 천년의시작
등록번호 ㅣ 제10-2385호
등록일자 ㅣ 2002년 5월 16일

주소   ㅣ 서울 종로구 도렴동 115번지 삼육빌딩 310호(우 110-051)
전화   ㅣ 02-723-8668
팩스   ㅣ 02-723-8630
홈페이지 ㅣ www.poempoem.com
전자우편 ㅣ webmaster@poempoem.com

ⓒ조하혜, 2003. printed in Seoul, Korea
ISBN 89-90235-22-7

값 6,000원

시 인 선 0 0 2 3

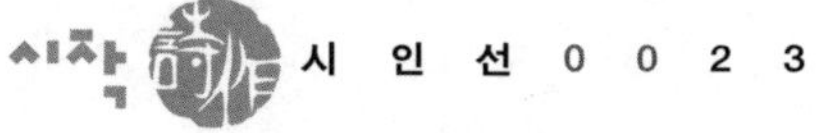

도넛, 비어 있음으로 존재한다

조하혜 시집

2003

自 序

시적 영향 혹은 세대의 영향에 대한 불안

아버지의 아버지들에게서 전쟁이 대물림되지 않았더라
면
이북에 있는 아버지의 과수원에서 맨 처음 사과나무가
열리지 않았더라면
바다가 보이는 남해의 과수원에서 어머니처럼 생긴 단감
나무가 열리지 않았더라면
아버지의 집에서 어머니의 집으로, 당신들의 집을 배회
하지 않았더라면
마음의 감옥 안에서 가둔 마음과 갇힌 마음이 서로에게
창칼 들이대지 않았더라면
쓸모없고 버려진 것들에 마음 빼앗기지 않았더라면
달콤한 것을 탐하다가 치아가 썩지 않았더라면,

내가 약할수록 더 혹독했던 당신이… 이 추운 세상에 없
었더라면
사랑하지 못한 것을 눈부신 날에 죄다 온 마음으로 사랑
했더라면

이 시는 쓰여지지 않았을 것이다

이 시는 주름살,
눈부신 날에 싱싱한 죄의 사치로부터
이 주름살은
내 시의 나이가 될 것이다

■ 차 례

I 아픈 릴레이
— 슬픔이 슬픔에게 고통이 고통에게로 이어달리기

새로운 교감 ——— 11

기념촬영 ——— 13

가난하다 ——— 15

을지로 4가 ——— 16

불면증 ——— 18

최신판 공포영화 ——— 20

커뮤니케이션 ——— 22

안면도 현장에서 전해드리는 시 ——— 24

나는 왜, 새로운가 1 ——— 26

어떤 산 ——— 28

나는 왜, 새로운가 2 ——— 29

나는 왜, 새로운가 3 ——— 31

당신A ——— 32

망상과 싸우다 ——— 35

당신들과의 대화창구 ——— 37

변두리 여인숙 1 ——— 39

변두리 여인숙 2 ——— 40

4월 ——— 41

역사에 대한 반역과 우울한 몽상 1 ——— 44

역사에 대한 반역과 우울한 몽상 2 —— 45

어둠 속에서 어둠에게 말걸기 —— 47

코리언드림 —— 49

가장 오래된 싸움 —— 51

창밖의 여자 —— 53

II 도넛, 트라우마의 코기토
— '비어 있음으로 나는 존재한다'

추운 곳에서의 습관 —— 57

도넛을 볼 때마다 —— 59

가방들 1 —— 62

가방들 2 —— 64

유년의 幻 —— 66

물고기 전시회를 보다 —— 68

유곽이미지에 관한 한 편의 시 —— 71

맨홀의 노래 —— 73

THE END —— 78

정지―명동 역에서 멈추다 —— 80

마지막 춤은 나와 함께 —— 82

사랑한다 —— 84

단정하다 —— 86

집으로 가는 길 —— 88

III 껍데기에서 껍데기까지
— 껍데기, 내 생애 가장 높이 날아오른 고도에 대한 기억

코스모스가 코스모스에게 —— 93

사원들 1 —— 95

사원들 2 —— 97

사원들 3 —— 98

사원들 4 —— 99

얼굴 —— 100

새로운 진화법칙 —— 102

껍데기에서 껍데기까지 —— 104

어떤 우물에 대하여 —— 106

복날 —— 108

이분법에 대한 일상의 소견 —— 110

바보 신부 —— 112

■해 설

좌절된 소통의 기호들 | 엄경희 —— 114

I

아픈 릴레이

—슬픔이 슬픔에게 고통이 고통에게로 이어달리기

새로운 교감

아버지,
서른 해에서야 당신의 노래가 들립니다
봄날은 가고…가고… 야속한 사람은…가고… 또 가야
하고
얄밉게 떠난 님은 한 시절처럼 유행가처럼 굴러다니다
찢어지게 목청껏 노래합니다
왕십리 한 리어카 좌판 앞에서
아버지, 저도 늙어 당신의 노래 한 소절 따라 부릅니다
그러나 아버지, 왕십리 비가 오고 바람이 불 때도
봄날, 봄날 그리워 늙으신 아버지 따라
ㅂㅗㅁㄴㅏㄹ 하고 서툴게 발음해 보지만
아버지,
내게 봄날은 없습니다
견고한 모든 것이 대기 중에 녹아내리듯*
봄날은 새로운 희망만이 아니라
견디지 못하고 줄줄 흘러내리는
헤프디헤픈 실연입니다
그 안에서 천치, 백치 둘러앉아
봄은 또 자신의 전존재로 웃어봅니다
슬픔이 슬픔에게로

고통이 고통에게로 달려갑니다
연분홍 치마가 봄바람에 휘날리고
아픈 릴레이가 힘든 줄도 모르고 계속됩니다

천지 가득한 봄입니다

*칼 마르크스

기념촬영

서부 해안에 가면
뭍에서 온 것들이 한 두어 시간, 엉덩이 붙이고 앉아
한물간 청춘의 비릿비릿한 횟감을 씹는다
말이 횟감이지, 물간 오징어회나
몇 번이고 쇼트닝 기름탕을 전전하며 옷만 두꺼워진
새우튀김을 씹는 기름진 입들이
상술 좋은 아주머니의 수완에 걸려들었던 것이리라
값싼 것들로 실컷 배만을 불려 채우는 버릇과
몇 푼 안 되는 돈을 흥정 삼아 뭍에서 밀려온 것들이
젓갈 시장에서 짠내나는 돈을 치를 때쯤
삶에 쿵쿵거리는 습성이여,
어느새 냄새 맡을 수 없는 삶의 지린내
폐지 몇 장을 건네주고도 젓갈보다 덜 나가는 인생의
값을 셈하지 못해
몇 번이나 허둥대며 이 길까지 왔을까,
뭍에서 말라죽은
너무 오래 바다를 보지 못하고
뭍으로 뭍으로만 쏘다니다가 이곳까지 떠밀려 온
익사체 마냥
암염의 갯벌 위에 버려진 폐선의 시체 한 척,

부력이 상실된 공기주머니처럼 밑창 드러난 배의
최종 도착지가 이곳이었을까

이제 막 세상 구경에 신난 예닐곱 살 아이와
시큼털털하고 쓴 위장병 같은 서른 너머의 내가
함께 그 앞에서 기념사진을 찍다

가난하다

이른 새벽에 양말부터 찾아 신는 발은 가난하다
당신과 이별한 다음날, 고구마를 삶아 먹던
허기는 가난하다
고구마를 찌르던 젓가락은 가난하다
고구마를 제 몸 안으로 삼키던 창자는 가난하다
사랑한다면서 손이 어여쁜 여인은 가난하다
시간이 없어서 밤낮 고단한 사람은 가난하다
가난해서 이별하는 사람은 가난하다
가난 때문에 가난해진 사람은 가난하다
가난함으로 인해 전혀 가난하지 않게 된 사람은 가난
하다
낙엽진 단풍나무에게서 앙상한 가지만을 기억하는
눈은 가난하다

가난하다고 말하는 이 엄살은 가난하다
가난보다 더 빈곤하다

을지로 4가

1

을지로 4가 지하 다방 윈도우에 앉아 있다
다방 레지쯤으로 보이는 늙은 여자 하나 앉히고
사내라는 이름이 무색한 사내가 앉아
늙은 레지의 엉덩일 더듬고 있다
나란히 앉은 늙은 레지의 엉덩이를
더듬는 것으로
삶은 가까스로 안심에 이르는 모양이다
성전에서 기도하는 사람처럼
쉽게 자리를 털고 일어서지 않는다
펄럭이는 것들 사이에서 날아오르지 못해
꿈틀거리는 혈관들이 유난히 선명하다

2

을지로 4가 골목길에서 길을 잃다
늘 나를 왜소하게 만들던 골목길 앞에 서서
여러 모양의 손잡이 장식들을 구경하다
손잡이가 없는 문,
그 앞에서
내가 잠군 문일지도 모르는 나에게

갇혀 있다
을지로 4가 골목길에는 누군가 빼 버렸을
수천 종의 손잡이들로 가득 차 있다
두드려도 열리지 않는 문,
매립지들의 전시장에서
화려한 장식들만이 세련되다

불면증

새벽 내 잠을 이루지 못한다
배우면 배울수록 가난해지는 마음이 궁색하다,
거지 근성이 배버린
생활보다 지저분한 속내의 고약한 냄새가
배설물로 영역을 표시한다는
동물의 그것보다 역하다
서른 한 살,
자꾸만 나는 아무도 모르는
사람을 아는 일이 이익과는 상관없는
생판 모르는 얼굴들과
서글서글 내 얼굴 까놓으며
숨어 살고 싶어진다
그만 다 익으면
툭하고 벌어지는 밤송이처럼
내장을 다 드러내고
얼굴을 다 터뜨려
그들과 맨 얼굴로 웃고 싶다

쉿,
─그들은 없다

오늘도 인간이라는 거대 점령군의
발자국소리 들린다

최신판 공포영화

아침방송 드라마를 보다가
가난한 집안의 여주인공이 악녀가 되어
재벌 집안으로 시집가는 줄거리는
너무 뻔하다고
채널을 돌리려다 잠깐,
가난이 순수의 이름을 대신하던
잊혀진 사진
오래된 필름처럼 생각났다

불의와 타협하지 않으려
가난한 선비가 되는 일은
개나 짖을 일이 되어 버렸다

부잣집 딸들 대신
가난한 집 딸들이 악역을 맡아야
시청률이 올라가고
조선족이라는 구별된 이름으로
'조선' 과는 다른, '어—메리카' 의 국적을
취득했을 법한 곳에서
인신매매에는 곧잘 흥분하던 것들이

마약주사처럼 자본주의에
흠씬흠씬,
눅신눅신,
잘도 패이고 길이 들었다
고분고분,
교양과 교태가
윤리와 윤락의
경계가 사라진 곳에서

자본의 페스트
남김없이, 휩쓸려 가고
―나는 이미 이곳에 없었다

몇 천원, 혹은 몇 만원 짜리
넝마가 걸어다닌다

커뮤니케이션

누군가는 한 사람의 소비 양식이
그의 삶의 계층을 입증한다*고 했으나
벌거벗어도 아무 지장이 없는 나와 같은 무명씨가
자주 들리는 곳이 그래서 대중탕이다
벌거벗은 몸으로 걸어다니는 여자들
우유와 오일을 섞어 바르고 드러누운 여자들
술집 여자 미쓰리가 중학교 선생님보다 선망받는 곳에
서 나는 인간의 소통에 대해 생각한다

사유와 사유의 소통
몸과 몸의 소통
사유와 몸의 소통으로
피폐해진 갈비뼈를 더듬으며
굳은살과 딱딱한 무릎 사이,
축축하고 음습한 내 몸의 그늘을
표정 하나 일그러지지 않고 때를 미는 이의 몸에게
나는 이내 미안해진다
어정쩡한 사유를 어쩌지 못해
목욕탕에서도 벌거벗지 못한 사유가
때 미는 몸에게 말을 건넨다

몸은 미안하다는 말을 못 알아들었는지 아무 표정이
없다

그제서야 무안해진 사유가 옷을 갈아입고, 돈을 건넨
다
벌어지는 몸의 표정을 확인하는 것으로
사유는 몸에게 소통을 지불했다고 믿는다

기분 참 더럽다,

*피에르 부르디외

안면도 현장에서 전해드리는 시

앞도 분간키 어려운 제방 둑길을 걸으며
믿기지 않는 착각처럼
사람이 사람처럼 가까워 멈춰 섰던 곳에,
갯벌 위로 구르는 작은 돌 틈 사이로
사람이 발 딛고 서 있는 땅의 왜소함이
인간의 키를 바지락 조개쯤이나
진흙 알갱이처럼 감싸안던 섬을
다시 찾다

이제는 파라다이스모텔과
꽃박람회 인공정원과
서해 고속도로 쾌속질주가
흥행물천사처럼 사람을 불러모으는 곳
익숙히 보아온 개발의 현장마다
난투극처럼 피 흘리는 순진한 꽃들은
이제 보이지 않는다

가을은 가을을 버리고
어느 우주의 한켠에서 딴살림을
차렸나보다

오징어 같은 외계인들과
가을은 룸바와 차차차, 스텝을 밟을 때에
인간은 꼭 버림받은 애인처럼 남아
버림받은 것들을 정렬로 세우고는
시즌에 맞추어
알뜰히 인공의 가을을 개장하려나 보다

―버림받은 것들의
거대한 설계 현장에서
더는 시적인 것을 쓸 수 없는
시인이었습니다
(뉴스 앵커 백지연을 모방하여)

나는 왜, 새로운가 1
─집 이야기

집은 날마다 수리되어야 할 기계들로 채워졌다
지난 여름, 정수 기능과 얼음 기능 때문에 호황을 누렸
던 미국식 냉장고 용수관이 파열되어
한차례 빙하기와 대홍수를 경험한 후,
냉장고는 잘 나가던 이름 때와는 달리 평범해졌다
파손되고 결손된 후에야
어떤 것들은 평범해지기도 하니까 말이다
소량의 물로 빨래를 할 수 있다는 절수 기능의 독일식
세탁기는
새로 이사한 집에서 결국 수압이 낮아 방치되었다
쉽게 들어올릴 수 없는 육중한 무게 때문에
자신의 자리를 꿋꿋이 지킨 셈이리라
건망증으로 가습기 전원 스위치를 켜두었다가
센서가 망가진 A_1을 A_2로 교체했으나
쉽게 바뀌지 않는 건망증은 결국 A_1과 A_2 모두
A라는 속성 말고는 별다를 게 없는
불능의 속성을 공유케 했다
센서를 고치는 비용은 A_1과 A_2 혹은 A_3, A_4……의
가습기로 교체하는 비용과 별다를 바가 없어서
지난 해 잉크젯 프린터의 헤드 고장 때처럼

　반 년 이상 수리냐, 교체냐를 두고 방치되기에 이른 것
이다

　집은 날마다 고장난 기계들로 채워졌다
　결국 무엇을 어떻게 사들여야 하는 문제와
　무엇을 어떻게 버려야 하는 문제로
　기계는 사유를 점령했다

　나는 가끔 멍해져서
　깜박 잊고 너무 오래 나의 전원을 켜두었을지 모른다
고 생각한다
　인간은 센서가 고장난 뒤에도 인간을 고집한다
　반쯤 퓨즈가 타버린 역사가 보수와 교체 속에서 지속
된다

　오랫동안 방치된 줄도 모르고 방치된 것들의 집

어떤 산

산에서 뛰어가는 사람,
산에서 산책하는 사람,
산에서 쉬고 있는 사람,
산에서 데이트하는 사람,
산에서 더 고독한 사람,
산에서 싸우는 사람,
산에서 노래하는 사람,
산에서 기도하는 사람,
산에서 침뱉는 사람,
산에서 나무 심는 사람,
산에서 꽃 꺾는 사람,
산에서 먹고 마시는 사람,
산에서 사는 사람,   산에서 다친 사람,
산에서 묻힌 사람,
산보다 높은 산이 되고 싶었던 사람
산보다 높은 산에 가다
　　　山
　　사람들
　는　山　내
　가　　　려
　라　너　　오
　올　　머　　　는
산으로　　　　　　산에서
　산에서　山　산으로
　　사람들
　　　山

나는 왜, 새로운가 2
— 고소공포증

아래를 보아도 겁이 나지 않는다
무엇을 향해 치솟은 고층건물처럼
가만히 또 하루, 지상에서 들어 올려진
난쟁이 나라의 키들을 생각한다
자신의 발보다 커다란, 커다란 신발들을 신고
훌렁훌렁 길들을 나선다
훌렁훌렁 신발에 채여 길이 걸리고
단단히 못질을 해두지 않으면 안 되는 길들,
침 받아 가며 길에 못을 박는다

위에서 아래로 내려다 볼 때라야만
‘고소공포증’이 생기는 게 아니다
훌렁훌렁 달아나는 신발을 신고
훌렁훌렁 달아나는 길에 못이나 박으며
난쟁이는 난쟁이 나라에서 영원히
훌렁훌렁 벗겨진 대머리에 바튼 기침
가르랑거리며 늙을 것이다,

그리고
이튿날도

훌렁훌렁 달아나는 길에 못이나 박으며
돌아오리라
그리고
그 이튿날
·

·

이튿날도

나는 왜, 새로운가 3
― 역사에 대한 무의식의 질병

한때의 산책길을 걸으며 나는 집을 생각하고
아름다운 상상은 긴 벤치 위에서 가끔 졸음에 겨워
고개를 떨구기도 하였다
바람 한 점 없는 오후다, 오후 내내 바람도 한 점 없는
어떤 공포에 눌리어 커튼은 하늘을 가리고 눈을 가리
고 귀를 막는다
남산은 가끔 흐리지도 않은데
아름다운 집 앞의 산책길이기도 하고
추악한, 걸었던 길을 후회하는 공포의 근원이 되기도
한다
이상하다,
남산은 남산으로 보이지 않기도 하고
남산이 되었다가,
남산이란 남산이 아닌 것을 남산으로 알고 지냈다고
산책자를 경고하는 것이다
표지판을 세워두어야겠다

당신A

당. 신. 이라는… 당신, 이라는… 당신이라는 환상에, 환상이라는 망상에 시달린다

6, 이라는 숫자에… 여섯 시라는 시간에… 시간의 망상에 수의 망상에 시달린다

기차가 지나고… 기차가… 터널 속으로 사라진 것들에게

두 번 다시 만나지 않을 것들에게 시달린다

당신을 만나러 가기 위해 신발이 시달리고, 현관문이 시달리고

계단이 시달리고, 당신을 만나러 가기 위해 길이 시달린다

길 끝에 〈버스 정거장〉이 시달리고, 몹시 흔들리는 버스가, 어지럼증이, 멀미가… 시달린다

차마 너무 예쁜 노랑꽃들이 시달리고, 차창 밖의 빨강 지붕, 파랑 지붕이 시달리고,

주름 스커트가 시달리고, 유리문이 시달리고, 의자가 시달린다

주루룩 의자 위로 내가 쏟아지고, 뜯어지고, 찢겨지고, 구겨진다

당. 신. 이라는… 당신, 이라는 당신에게서

시달리며 당신을 만나러 온 내가 내게서 뜯겨지고, 나에게서
산산히 부서지고… 깨지고 깨나고, 당신에게서 포장된다

나는 나라는 액자, 나는 나라는 장난감, 나는 나라는 초상화
낯설어진 내가, 나에게서 우루루 쏟아진다
양말, 빗, 화장품 도구… 나는 인조 속눈썹을 붙인 인형이었다가
당신의 착한 여자인형이었다가, 당신의 책 속에서 무수히 많은 내가
당.신. 이라는… 당신, 이라는… 당신에게서… 무수히 많은 당신들의 망상 가운데서 태어난다
나는 여자라는 책, 날마다 당신에게서 새로 쓰여지는 문장이고,
백지이고, 지구의 절반을 차지하는 소모품이다

당신의 거울 앞에서 사물이 된 내가, 흐릿한 당신의 망상 위에 비쳐진다

사물들이… 시달리지 않고서도, 당신이라는 망상에 시
달리지 않고서도
6이라는 숫자에, 6시라는 시간의 망상에 시달리지 않
고서도
신발을 신고, 길 위에서 버스를 타고, 흔들리는 버스에
앉아 아무렇지 않게
유리문을 열고, 당. 신. 을… 만난다
의자가 의자를 만나고, 탁자가 탁자를 만나고, 찻잔이
찻잔을 만난다

망상과 싸우다

책을 읽으며, 책들을 읽으며
'나는 나라는 망상이다' 라고 쓴다
쓰는 동안, 잠시 구역질이 멈춘다

침대는 침대의 망상,
여자는 여자의 망상,
남자는 남자의 망상,
의자는 의자의 망상,
스타킹은 스타킹의 망상,
노출은 은폐의 망상이듯이

패스트푸드는 일용할 양식에 대한 시간의 발칙한 망
상,
화장실은 배설에 대한 혐오스런 망상,
윤리는 윤락의 망상,
끝은 터널의 망상이듯이

종말은 역사의 망상
역사는 인간의 망상
인간은 인간의 망상일 뿐,

아우슈비츠에서 당신의 눈이 전쟁의 망상만을 쫓고 있
을 때
인간이 창조해낸 기계와 말들이
수천 개, 수십만 개의 망상을 군대처럼 거느리고
당신의 뇌를 장악하다
어느 날 종말에 대해 당신이 문득, 떠올리기도 전에

당신들과의 대화 창구

며칠째 계속 귓속이 간지럽다
며칠째 계속 비가 오지 않고 흐리다
며칠째 다리에 깁스를 하고,
며칠째 눈 밑에 다크 써클이 번졌다
며칠째 〈헤밍웨이〉의 책을 읽으려다가 번번이 놓친다
헤밍웨이는 헤밍웨이,
전쟁의 화염 속에서도
인간에 대한 희망을 버리지 않고
기꺼이 죽음을 각오할 수 있었던 세대는 그래도 행복
하다

내가 가장 부끄러워하는 것과
동시에 부러운 것은
내가 90년대 학번이라는 것과
시대의 아픔 속에서 자신을 내던졌던 80년대 産과는
체질이 다른 아픔을 가졌다는 데 있다
포도주 빛깔처럼 색깔론을 논하는 게 아니라,
겉으로 서늘하옵고 안으로 뜨거웁기를 논하던 모던의
주류에도
'껍데기는 가라' 고 외치던 80년대 뜨거운 항쟁에도

어느 장부에도 나는 기입될 수 없었다
굳이 정지용의 모던파에 대꾸하자면
도넛 세대라고 할까?
뜨거운 쇼트닝 기름 속에서 데워져 겉은 뜨겁지만
속은 비어있다
텅 비어 있음으로 존재하는 코기토,
그곳에선 자아를 관통하는 타자는 유령이다

　—나는 지금 유령인 당신과 대화하고 있다

변두리 여인숙 1

질주했던 모든 것을 위해
나는 쓴다
방황이 방황할 때까지
진실이 진실을 모르고도
뻔뻔스레/자연스레 살아갈 때까지
나는 쓴다

쓰는 동안
사랑이 사랑으로 사랑하고
사랑이 사랑으로 고독해지던
오독의, 착란
속으로 그만 손 내밀어
악수하듯 너와 이별하고 싶다

환상도 없이
희망도 없이
사랑도 없이 사랑하라

변두리 여인숙 2

위험한 생각으로
위험하다
아스팔트 위로 뻔뻔스레 자라난 풀잎들,
몇 억 광년을
아프지 않고도 살아남은 것들에게서
자연의 뻔뻔함을 올려다본다
차마 신성하지 않은 것들의
神聖은
얼마나 나를 부끄럽게 하는가,

혁명가도
몽상가도 아닌데
영혼이 영혼 아닌 것으로 아프고,
영혼 아닌 것으로 들쑤시고
몸살이 난다
위험한 감기다

4월

1

병원 밖을 나서지 못한다
生이 나란히 갇혀 있다
사월에 개나리꽃이 피었다
소식도 없이 죽음은
저 꽃들처럼 일방통보되는 것일까,
노오란 현기증 일지 않는데
4월에 개나리꽃이 피었다
무협지를 읽고 있다
차례로 죽어간 자객들의 이름을 읽음으로써
자객들은 떠날 수 있다
병원 밖을 나서지 못한 生에게서
마침내 客死한다
4월, 병원 안에서 시를 쓰다

2

온전히 내가 되지 못한 주어들을
지운다/파묻다
가장 완벽한 죽음을 위하여
시체에 化粧을 하는

장의사처럼, 개나리 꽃
노오란 절망을
희망이라 부른다
시체가 바뀐 것이라고
문상객 하나, 오른다
참으로 끈질긴 것은
生이 아니라
설명이다

3
4월에
추억보다 빠르다
원숭이로 시작되는 노랫말처럼
욕된 가사로 시작되는 달에게
미안하다
4월은 아마도 듣지 못했으리라
망월동보다 더 참혹한 묘지,
시간의 묘지 위에서는
누구도 헌화하지 않는다
재개발 단지 위에 우뚝 설 고층빌딩처럼

5월의 플래카드가 내 걸린다
온전히 분노하지도 못하는 4월의 내가
묘지 안에 잠들어 있다

4
황무지를 발굴해낸 자만이
황폐한 기억을 지울 수 있다
언젠가 그것은
화장기 없는 맨 얼굴의 누이처럼
문설주에 기대 흘러나오는
봄노래를 엿듣게 되리라
시간의 기둥을 복원해내는 일,
고고학자처럼
슬픈 유물들을 파헤치다

역사에 대한 반역과 우울한 몽상 1

몸의 티눈 같다는 생각을 한다
추상명사에 붙여지는 고유한 관념들도
어느 하나, 자신의 고립만을 위하여
존재하지는 않았을 거라는 생각의 나무,

스스럼없이 사람들의 입에서
희망과 분노가 발설되는 도시* 반대편에
전후의 희망만을 복습하는
교과서처럼 우울한 나라도 있다
화염병과 시위대를 볼 때마다 먼저
눈시울이 뜨거워지는 건
단순히 피 흘린 자들에 대한 애도가 아니다
비굴하게 목숨 부지하는 것들의,
우울의 생리야말로
일자문맹의 분노가 남긴
희망의 일그러진 표정이다

나무탈처럼
넉넉하게 감추고 싶은,

*파리특파원의 말을 인용

역사에 대한 반역과 우울한 몽상 2

천박한 열정이다
천박한 가을, 울음이 타고남은
재 속에서…
福澤諭吉*의 글을 읽으며
천박한 내가
천박하게 자란 내가
흘끔흘끔 욕정난 세상에 몸팔아 왔던 게
아닐까, 반성한다

어느 가문의 비밀 일기장 같은
역사의 말소된 줄 알았던 페이지 앞에서
하나님보다 마약 같은 술이 더 간절했다라고
이른 아침,
福澤諭吉의 글을 읽으며
죄인처럼 나는 스스럼없이 고백하리라

욕정난 세상 한복판에서
내가 나를 알아간다는 게
지옥이며 환멸이다
거대한 몸의 지식과 치욕의 책,

오랫동안 나를 괴롭혀 온 것이
이제야 사랑이었음을
알 것 같다

역사를 가르치던 노스승이 항시
술 취해 있던 이유와
인사불성이라는 말처럼
그 스스로를 놓치고 싶은 때가

치욕이며 사랑할 때다, 그때다

* "일본과 청 사이에 끼인 조선은 득의양양하게도 맘껏 욕구를 채우고도 지칠 줄
  모르는 지나(支那)남자에게도 아양을 떠는 성적으로 방종한 여자"
  ―福澤諭吉의 식민사관, (福澤諭吉全集, 岩波書店 제 7권, p 136)

어둠 속에서 어둠에게 말걸기

저를 제외하고 가족 모두 잠든 밤,
아이는 밤에 불을 끄는 게 세상에서 제일 무섭다고 했
다
어둠 속에서 이마를 몇 번 짚어주고도
어둠 속에서 잠꼬대하는 딸아이의 얼굴을 들여다보다
가
어둠 속에서 어둠과 앉아 어둠을 쳐다본다
밤에 홀로 눈뜨는 건 무서운 일이라던 어떤 시인의 말
처럼
오싹한, 그러나 너무 익숙해져버린 어둠 속에서
삶에 질리기엔 아직 너무 어린
딸아이의 하얀 얼굴을 보며 운다

동두천에서 죽은 아이들도
다 이 아이와 같았을 것이다
어둠 속에서 아직 어둠에 익숙치 않은 것들이
어둠 속에서 어둠에 질리어 죽어갈 때,
어둠 속에서 불을 끄고
어둠 속에서 눈뜨지 말자고
송장처럼 잠자던 너의 얼굴도 나의 얼굴도

밤새 어둠은 송장벌레처럼
두려움으로 일그러진 얼굴들을
갉아먹어 치웠던 게다

얼굴없는 얼굴들이 환한 대낮에 분주하다
아이들의 죽음 뒤로 난상토론이 펼쳐지는 티브이 화면
위에
죽음을 논하는 망령된 장의사들,
표정하나 일그러지지 않고 어두움을 발설하는
얼굴 없는 얼굴, 얼굴들
투명인간 같은 허위, 허위의 얼굴이다
얼굴을 들지 못해서가 아니라
얼굴이 아예 없는…

* 2002년 12월 7일, 심미선, 신효순 어린 두 여학생을 위한 촛불추모식 밤에 쓴 시

코리언드림

미국 동부에 사는 p는
엽기적 살인 행각으로 전 미국을 공포에 떨게 했다
p는 결코 자신이 사람을 죽이지 않았다고
부인했지만
그의 가스레인지 위에서 먹다 남은 인간의 눈알이
발견되었고
냉장고에서의 인육은
사.흘.동안에 부활하지 못한
어린 예수의 것이었거나
p에게 몸을 판
어느 창녀들의 것일 수도 있다

총잡이는 언제나 자신이 죽인 숫자만큼
최강국 대우하는 국제법의 기사가 실린
17일자 한국일보 지면 위에는
p의 기사와 더불어
존 웨인의 자서전이 곧 출간 예정이란
통보가 적혀 있었다

라스트 모히칸 족의 인디언들은

한 명도 살아남지 못했지만
알뜰히 변명처럼 'INDIAN RESERVATION'을 구획한
청교도 미국인들은 자신들의 보호구역에서
스스로 인디언이 되었다
분리주의 경계를 논하던 백호들의 영화는
내게 언제나 아메리칸드림의
자서전을 읽게 했지만,
'기브미쪼꼬렛'에
이빨이 상한 코리아 인디언들은
잇몸이 상하기 전에는
평생토록 그 맛을 잊지 못한다

가장 오래된 싸움

탈레반 이후의 아프간에 대한 다큐멘터리를 본다
옆 채널에서는 얼굴도 예쁜데다 마음도 착한 처녀애가
또 백마 탄 왕자님과 결혼을 할까, 말까 망설이는
주말 드라마가 한창인데
어제 버림받은 것들도 눈가에 주름을 지우며
콜드크림 마사지로 분주한 저녁에
저녁 식사 후, 차 한 잔 마시며 누군가의 연애담이나
들먹이며 시시덕거릴 쇼파에서
한 번도 내 것이 아닌 남의 스캔들로 온통 분주한
이 땅에서
'나는 그대가 아프다' 라는 롤랑바르트의 책을 읽으며
위에서 아래로만 내려다보는데
익숙해진 내가
나이보다 늙어버린 아프간의 어린 소녀를 본다

〈욥기〉를 읽는 밤,
교회에 가는 것만으로 자신의 죄가 용서되지 않는 곳
에서
나는 이제 그대들로 인해 아프지 않을 것이다

일흔 일곱 번,
위에서 아래로만 내려다보는데 익숙해진 내가
일천 일백 번,
이 밤에 용서를 빌고, 또 빈다

내가 나와 교전중이다
세상에서 가장 긴 싸움이
시작되었다

창밖의 여자

닮은 사람 하나 없는데
나는 어디로 늙어가는 걸까,
나무는 나무대로 자라서 하늘을 가리고
꽃아, 너는 아름다워서 참 좋겠다
겨울에 더 빛나는 마른 전나무
내 어머닌 남편처럼 나이테가 둥근 은행나무를
짝사랑했단다
꽃을 한아름 사는 여인이나
노란 프리지어, 데이지꽃 안고
애인을 기다리는 사람이거나
연구실에, 서재에 난초 화분을 키우는 사람이여
정오에 낮잠을 기다리는
남쪽 나라 병사들의 하품처럼
내 영혼도 오렌지빛으로 익어갈 수만 있다면

눈이 와서 신나는 사람과
비가 와서 우울한 사람과
사랑으로 행복한 사람들에게

난 그대들의 窓밖의 여자,

끝없이 세계의 이편으로 추파를 던지는…

II

도넛, 트라우마의 코기토

— '비어 있음으로 나는 존재한다'

추운 곳에서의 습관

1
지상의 오후,
아는 사람 하나 찾을 수 없는 곳에 앉아
온종일 바지에 손을 찌르고 쏘다니는
바람과 잠시 귀엣말하다
해지는 대로
거대한 그림자, 지상 위에 휘장처럼
둘러쳐질 때
나, 한세상 쏘다니던 습관대로
해를 쫓아왔노라고
화살처럼 그곳에 꽂히고 싶다
적도의 꽃처럼 뜨겁게 죽고 싶은,

그 과녁을 生이라 부르며 산다

2
보이지 않는 바람에도
동물의 갈퀴처럼 흠집이 난다
있는 힘껏 자신을 지키는 응집된
침묵들이…

그러나 우린 바람이 지나는 소리로 밖에
그것들을 알아듣지 못한다
휭—하는 바람소리
모스 부호처럼 간간이 끊긴
자막 처리된 호흡들

짐짓 모른 척, 능청떨고 있는
너스레 섞인
설명하지 않아도 익숙한 生의 표정들 사이사이
삐쭉삐쭉한
거칠거칠한
어린것들의 감촉

도넛을 볼 때마다

1
세계를 관통하고도 살아남은
청춘은
빠르게 자신을 관통한 것에 대해
생각한다
느리게,
달팽이처럼 더디게
시간의 헛바닥을 감아 올린다

필름처럼
영사기처럼 돌고 있는,
청춘이란 처음부터
허상이었을는지 모른다
어쩌면 지금 저 필름 위를 날아다니는
웅웅거리는 푸른 불빛이었을지도…

2
슬픔도 견고하달 수 있을까,
제 힘으론 감당할 수 없어
그네처럼

하늘로 밀어낸 손, 같다
하늘 호수 만한
물결도 일렁이지 않는
연못

마음을 가두고
슬픔을 가두고
평생 무너지지 않는
절벽처럼
투박하다,
슬픔을 담은 사기그릇이다

3
뜨끈하다,
사람의 모양처럼
더운 입김을 가진
속이 휑하니 뚫린 튜브 같다
헤쳐 보아도 아무것도
들어 있지 않은
'비어 있음으로 나는 존재한다'

〈보호관찰소〉에서 만난 아이들 같다
어떤 이에겐
트라우마가 곧
존재의 코기토가 될 수 있음을 본다

빈 것을 떠받든 기둥처럼 서 있는
몸,
몸의 부스러기 같은
말,
달라붙지 않는

가방들 1
— 보호관찰소에서

아이는
눈 한 번 흘겨주지 않는다
내내 침묵을 받아 적는다
단지 서기였거나 죄인처럼
떼꾼한 눈알 굴리는 시간

사람을 보고
사람을 만나면
손바닥 우에 사람의 피를 묻힐까
어린 짐승처럼
양지를 피해 음지로, 음지로 나돌던
시절
습한 식물인지 알았다, 그곳에서
해초처럼 바다로 밀려가
지상에서 뿌리내린 기억으로부터
가능한 멀리 밀려나고 싶었다

종이 끝에 마음이 베인다
그림자처럼 옴짝도 않는 아이 앞에
거울처럼 흐릿한 내가 앉아

살짝 스치기만 하여도 예민한
상처의 틈새를 들여다본다
아래로 아래로만 빠지지 않고
하수처럼 고인
물컹한 수렁의 거울,
뻘을 건너간 사람은
이 거울의 빛을 안다

가방들 2

아이는
어른의 가방이란 얘기를
어떤 책에선가 읽은 적이 있다

어떤 가방은
자신의 몸집보다 큰 기대들로
찢어지는가 하면
어떤 가방은
그 안을 들여다보는 일조차
두렵다,
어느새 화상을 입기 때문이다

아무리 사소한 생명일지라도
쉽게 수선될 수 없음을 안 뒤로는
일종의 가방에 대한 가해망상증 같은
병이 생겼다
녹슨 지퍼를 열듯
가방 안으로 꾸역꾸역 들어간다
오랫동안 환기하지 않은
햇볕 한 줌 들지 않는 방과

수인된 마음의 감옥에 버려진,
텅텅 발이 빠지고
휑하니 입김마저 얼어붙는다

아무것도 가두지 않고
어떤 것도 허용치 않는 분노처럼
세상에서 가장 쓸쓸한,
언제 무너져 내릴지 모르는
허방, 허방의 집이다

유년의 幻
— 여름 장마

어느 시인이 '매혹' 이라 불렀던 그걸,
스물 어느 때의 내가 '환멸' 이라 불렀던 그걸
즉석복권처럼 긁고 있다

하늘에도 손톱이 있었다는 것일까,
판화처럼 긁힌 땅의 조각들이
떨어져 나갔을 때
긁어내리던 손톱의 소리에 잠이 깬 것은
서둘러 환멸을 노래한 탓이었을까
폭우 속에 안부를 묻던 삶,
고작 서로를 위안하는 말로써
손톱이었던 자신을 반추하는 시간의
매몰과 매몰참을 사죄하다

판화처럼 어둔 땅의 현란한 상처를,
절망이 드러낸 긁힘의 색채를
땅은 기억이나 할 수 있었을까

복원되지 않을 삶들이 매몰되었다
수천 년, 혹은 헤아리지 못할

환멸의 두꺼운 벽 아래
나와는 무관하게
내 삶에서 등 떼밀어버린 유년을,
유년의 幻을 보았다
환멸이란 이름의 스크래치 안에서

물고기 전시회를 보다

1.천국처럼 창백한 실내

상상할 수도 없는 자유를
헤엄쳤던 것들이
포르말린 병 속에 갇히다
평생을 비워내기 위해 살아가는
사람들이
내장을 다 드러낸 유리관을
들여다보는 일이다
임의로 비워진 것들이
낯선 천국처럼 창백한 실내에
내 걸리다

2.완전한 실내를 찾다

누구나 켜고 싶은 지상의 등 하나,
온전히 밝히고 싶은 실내가 있다
조심스레 누군가의 실내에 들어서던
계절의 내가 있다
환하게 불 켜진 창 하나,

서성이며
터져 죽고 싶은 꽃 마냥
이별하던 실내가 있다

어둠 속에서 대낮처럼 불 밝힌
실내가
밤꽃처럼 쓸쓸하다

3. 인간 전시회

살아서 나비였던 것들이
환생하면 물고기가 되는 것일까
바람이었거나 물살이었을 세파를
휘돌아
무늬가 생겼던 것일까
한때 내가 병이라고 불렀던
자잘한 생채기들이 아물면
나도 무늬가 될 수 있을까

저마다 각인시키고 싶지 않은

상처들에 바늘을 꽂으며
붙박여 있는 인간들의 전시장에서
삶은 변명처럼 무늬를 지우고 있었다
인간만이 오로지 자신의 표본을 만든다

유곽 이미지에 관한 한 편의 시

이모들, 였다
박 · 통 시절 안기부장의 세컨드라던 그녀
부엌 셋방에서 까칠해진 머리칼에
후까시 넣는 걸,
불결한 눈으로, 불결해진 눈으로, 그러니까
불결할 수밖에 없는 눈의 세상으로 내쫓았다
엄만 자꾸만 불결하게스리 불길한 그녀들을
이따금 재워주고, 그때마다 상이군인처럼
또 며칠을 머물다 갔다, 그 뿐이다
전래동화처럼 그녀들의 절룩이는 발목은
한 번도 낫는 일이 없었다

납골당의 火葬 항아리란 게 있다
죽은 이의 먼지를 담는 그릇이란 게
살아 생전의 먼지를 얼마나 털어낼 수 있을까만
머물고 싶어하는 생리처럼 악착스런 게
죽음도 흘려보내지 못하고
항아리 안에서 삶에 발목잡힌 건, 아닐까
어딘가에서 반쯤은 눈이 감겨
또 누군가의 유곽이 되었을지 모를

이모들에 관하여
어느새 유곽 이미지가 된 유곽들에 관하여
내 유년이야말로 머물렀던 게 아닐까,
다시 계절은 철새처럼
떠난 것들에게서
떠난 것들을 읽고
머문 것이 머물렀던 유곽은
소문도 흔적도 없이 사라졌는데,
나는 또
희망을 찾아 희망을 잃고
사랑을 찾아 사랑을 잃고
　　　·

　　　·

불온한 것들에게 편지를 쓴다
삐라처럼
어느새 불온문서가 되어버린 유곽 이미지에게

맨홀의 노래

1
누군가 지나갈 때마다 가라앉길 바랬다
둥근 맨홀은 꿈적도 하지 않는다
지진이 일어나길 바랬다
사람이 지나가도 맨홀은 꿈적도 하지 않는다
흐르지 않는 하늘은 맨홀을 닮았다
나는 책을 쓰고 있었다
한 줄의 말도 떠오르지 않았다
웅웅대던 말의 울음을 숨죽여 듣는다
폭우 속에 바람 속에 맨홀은 늙어갔다
아무도 맨홀의 노래를 듣지 못했다

2
빈 테이프처럼 지워진 노래가 있다
나는 맨홀의 입술을 닮은 테이프를 감는다
노래를 기억할 수가 없다
그것은 아마도 두세 번, 아니 수천 번을 녹음되었을 일
이다
나는 루주를 바른 입술을 본다
발자국처럼 찍힌 노래는

더러 아주 늘어져서는
늙은 창부의 입술 같다

3
맨홀의 머리카락처럼 헝클어져 있다
나는 고장난 이어폰을 찾아낸다
나는 이제 노래를 듣지 않는다
험한 세상의 다리 위에 맨홀은
노래 부르지 않는다
긴 머리로 노래하는 맨홀을 나는
상상한다
늙은 대머리 여가수처럼
전설이 되어버린 일일까,
누군가 지나가는 발아래 맨홀이 있었다

4
맨홀의 바닥에서
나는 처음으로 별을 보았다
하늘의 맨홀 위에서는 이제 떠오르지 않는 별
화려한 스타워즈처럼 찬란했던 별들은

다 어디로 갔나,
별들은 이제 고향을 찾지 못한다
나는 맨홀 아래 시간의 기억을 더듬는다
맨홀 아래서
호리병처럼 생긴 우주는 수천 년 동안
잠들어 있다
마법사처럼
나는 주문을 외운다
인간보다 위대한 거인을 불러본다

5
40인의 도적이 있었다
400인의 도적이 있었다
　·
　·
40억의 도적이 있었다
맨홀은 도난당했다
나는 아직도 책을 쓰고 있었다
노래가 기록되지 않는 시가
이천 년을 기록할 수 있다니,

거룩한 일이다
상상할 수조차 없는 상상과 씨름하는
동안에도
맨홀 위에서 태어난 아기들은
불법적인 말을 배우게 될 것이다
고아들이 아버지를 배우고 어머니를
흉내내는 동안
말은 결코 노래하지 못한다

6
그것은 아주 오래된 노래
어머니의 태중에서 들었던 것일까,
예수가 못박히기 이전에
내가 어머니를 기억하기도 전에
생겨난 노래
구구단을 셈하기 이전에
내 이름을 쓰기 시작하면서부터
사라진 노래
내 부정확한 발음은 기억이나 할 수 있었을까
할아버지와 할머니보다 먼 노래

후두둑, 떨어지는 빗소리보다 시원한
아버지의 클레멘타인보다 더 슬픈 노래
영원히 늙지 않는 노래가 있었다

THE END

〈추억〉이란영화의로버트레드포드
그마지막장면속에흐르던감미로운음악,
「The way we were」
그리고나서나는〈바람과함께사라지다〉의끝장면
「타라」를지키는당당한스칼렛으로그렇게서있는거다
이제영화자막위에THE END가오르면객석에는아무런
관객도남지 아니하고
텅빈극장외로운스크린안에서나는홀로〈안나카레리
나〉의 마지막장면을연기해내는거다

그날은비가내리고기차는그를처음만난플랫포옴에서
잠시정차하고
나는뒷모습을보이고떠난그를찾는다
「나는왜하필이곳에다시온걸까」
「아직도오래전그어설픈만남을잊지못하는걸까」
그러나그는오지않는다
아니애초에없었을지모르는그를나는이비속에지난날
그비속에서
기다리고있는거다

잠깐동안의정차가끝나고
기차는다시세상으로가는거다
기차가언제나슬픈경적을울리는것은
기차엔늘이별이있기때문이다
창밖으로고개숙여키스하는안타까운이별
아무말도못하고손만흔들어대는부끄러운이별
이런까닭에기차의경적음은더욱무정하다
(그러나그게결국은현실이다)

이제나는어디로가야할까,
경고하듯마지막경적음이울리고비는이렇게내리는데
이제남은일은스카프로머리를감싸고이미비에젖어버
린바바리코트의단추를끄르는일이다
(누구나바바리코트를걸친순있어도누구나고독을실로
고독하게견디어낼순없다)
그러고나면이제껏나를놓아주지않던그피곤한여행에
서벗어나
레일위를말없이걸어가는거다
눈을감아도보이는이비는이제아프지않을거다

정지—명동 역에서 멈추다

노점 가판대 위에 수 년 전 흘러간
유행가가 촌스럽다
복고와 현대가 아무렇지 않게 쇼윈도우 앞을
지나치는 명동 거리에서
언젠가 버려진 산책길 같은
마음이
길 위에서 멈춤, 멈칫
멎는다

유행가처럼 나를
밀어내던 인파 앞에서
앞에서만 사랑하고
앞에서만 아파하던 나를,
손살같이 달려가던 기차가
다름 아닌 나였음을
길 위에서 되묻는다

당신이라는 세계의 그늘 뒤에서
먹먹한, 막막한 길에서
지난 유행가처럼 늦게 도착한 내가

나이를 먹어도 여전히 촌스러운 내가
멈춤, 멈칫
멎는다

지금은 인파 속으로 사라졌거나
그 어딘가쯤에서 지난 유행가에 당신도 나처럼 문득,
멈춤, 멈칫 시간 속에 멈추어
서성이고 있을 때

마지막 춤은 나와 함께

1
완전한 독신처럼
완전한 침묵은 없는 걸까
아프지도 않은 사랑에 엄살떠는
겨울 나무, 처럼
시.
침.
때.
기.

2
탱고는 남미 창녀들의 춤,
로트렉의 그림처럼
천박한 것도 극에 달하면
열정이 되는 걸까
키스 뒤에 입가에 범벅된 루주자국,
처럼
후. 끈. 한

3

성숙의 지표라는 것
흐린 눈으로 바라보는 세상이
더 명징할 때도 있다
폐경기의 바다를 닮은
주름진 입술, 처럼
따가운 털의 대지 위에
입맞추고 싶어질 때

사랑한다

눈이 어두운 두더지를 사랑한다, 두더지라는 조금 징
그런 이름을 사랑한다
허허로운 겨울 산책길에서 만난 철모르는 개나리꽃을
사랑한다
철모르고 불쑥 피었다가 시들 새도 없이 죽은 것들을
사랑한다
새끼를 사산한 후 심드렁한 슈퍼집 개 누렁이를, 누렁
이의 흰창눈을 사랑한다
매서운 바람부는 어느 추운 날, 꼭—다문 여자의 입술
을 사랑한다
한없이 떠는 것들 속에서 떨면서 떨지 않는 그 입술을
사랑한다
여자의 환심을 사기 위해 마음을 훔치는 사기꾼을 사
랑한다
뻔한 거짓말로 마음을 훔치는 기술을, 그 호주머니 안
으로 밀려오기까지
자라지 않는 어린아이 같은 여자의 마음들을 사랑한다
시골 장터에서 만난 곰보 여자의 얽은 얼굴을 사랑한
다
살성보다 더 늘어진 그녀의 웃음을, 팔자보다 더 늘어

진 그 웃음의 주름을 사랑한다
  2차 세계대전 당시 나치군의 전선에서 불려졌다가 지
금은 찬송곡이 된 노래를 사랑한다,
  가사가 바뀌어도 곡조가 남아 '영광'을 찬양하는 이
치욕을 사랑한다

  미워하고 미워하기에도 때로 너무 미운 것들을
사랑한다
  사랑하고 사랑하기에도 하나도 사랑스럽지 않은
눈부시게 아름다운 시절에,
  사랑해선 안 될 것들을 사랑한다

단정하다

국민학교 입학식 날,
코흘리개 가슴 위에 달린 네모반듯한 손수건이다
하얀 실내화를 육 년 내내 넣어 다니던 헤진 신발주머니다
여중생이 되어 긴 생머리를 자르던 날, 귀밑머리 아래 불던 서늘한 바람이다
아버지의 머리카락을 자르던 이발사 아저씨의 흰색 가운이다
늙은 수녀님의 짧은 흰머리를 감싼 잿빛 수녀복이다,
선물로 들어온 내복을 가난한 이웃에게 나누어주고, 낡은 단벌내복 한 벌로 겨울을 났다는 늙은 수도사의 다 떨어진 내복이다
금방 쪄낸 김이 모락모락 나는 감자를 정성스레 담아낸 쟁반이다
속이 하얀 감자를 감싸고 있던 쭈글쭈글하고 추한 감자 껍데기다
육남매를 키워내 지금은 늘어진 살가죽만 남은 할머니의 젖가슴이다
외할머니집 밭에서, 땡볕 아래 속까지 발갛게 타서 익어가던 붉은 고추다

표백제로 세탁한 흰옷을 폼나게 다려 입어도
단추를 목까지 채워 잠가도
무스를 발라 머리를 빗어 넘겨도
광택나는 구두약을 발라 신발에 제 얼굴이 비칠 때까
지 닦아 신어도

자꾸만 나는 흐트러진다,
발음하기도 어려운 상표를 떼어내고 새옷을 입어도
누군가 입다버린 헌옷을 걸친 사람처럼
후줄근하다
내가 닳아서 닳도록 닳아져서……

집으로 가는 길

〈성남슈퍼〉가 이사간 자리를 본다
진열대만 앙상한 상점 안을 들여다 본 것이
몸의 뼈들처럼 춥다
성남이 어딘지 나는 가본 적 없다
상점 주인의 삶의 근거지가 '성남' 이었는지 물은 적,
없었던 것처럼
성남은 〈성남슈퍼〉가 부도나서 이사가기 전에는
〈성남슈퍼〉가 〈고향슈퍼〉가 되어도
어쩌면 입간판조차 평범한 장소에 불과했을지 모른다
성남슈퍼가 이사간 자리에 나란히 서 있는 제과점
〈몽블랑〉에서 빵 하나 고른다
등이 휜 곱추 요리사는 언제부터 얼굴만 아는 내게
중매를 부탁하는 사이가 됐다
〈몽블랑〉은 몽블랑이 아니지만
또 몽블랑이다,

생활은 없고 인생만 남은 나의 반쪽 어깨를/가
인생은 없고 생활만 남은 나의 반쪽 어깨가/를
짊어지고 언덕을 오른다
빠듯한 숨들이 악상 위의 음표들처럼

오르내린다
고단한 저녁이 언덕 아래로 내려왔다
함께, 집으로 가는 길이다

Ⅲ

껍데기에서 껍데기까지

— 껍데기, 내 생애 가장 높이 날아오른 고도에 대한 기억

코스모스가 코스모스에게

〈제 3세계〉 음악을 들으며
'희망'이라는 말을
입술을 동그랗게 오므렸다 펴다
반복해봅니다

부도난 아버지에게서 친척집으로
우편물처럼 맡겨진 시절,
발가락 동상처럼 간지럽던 시절입니다
눈물 날 때
먼 산, 먼 하늘 바라보며 깊고 길게
숨 한 번 쉬고 나면
먹먹한 것들이
이내 환부에 물파스 칠한 것처럼
따갑게 박히다가 잠들곤
했습니다

〈제3세계〉 음악을 듣다가
문득 삼십이 넘은 내가
'희망'이라는 말에
무너집니다

점령군에서 아군으로
아군에서 다시 적군으로
나에게서 나에게로
나는 얼마나 많은 경계를
떨어져 나온 것일까요?

사원들 1

절박한 것에 관해
비명을 내지르는 습관이 사라지고서야
침묵이
가장 절박한 것이었음을 안다
아무런 강요 없이
맹세처럼 침묵을 지키는 수녀, 같은
차분하게 가라앉은 세계는
그래서 명암이 있다
깊숙이 들어간 곳은
상처입고 움푹 패인 곳이 아니라
단지 어두운 곳이다
빛의 배려다

평면 도화지 위에 그려진 원이
비로소 평면으로부터 튀어 오르듯,
원근법처럼
희미한 길의 입구에서
장님처럼 눈이 어둑해져 돌아오는 이들은
그래서 저마다의 다른 사연을 가지고도
운명처럼 꼭 한 번은 다시 만나는가 보다

길의 작달만한 가로수들이 꼭 침묵의 볼륨 같다

사원들 2
—산책수업

바다를 올려다보고 돌아오는 저녁이다
사람들에게서도 갯내가 난다, 겨드랑이
갯벌처럼 영혼의 뻘,
진창 위를 흙발로 걷는다
늘 먼저 조바심치며 돌아나가던 삶이
휘둥그레 바닥을 응시하고 있다
검은 모래무지,
수천 년 동안을 파도에 씻긴 주검들에게
부패된다는 것의 겸손함에 대해 배운다
갯벌에 가면, 그래서 영혼을 잃은 사람들의 겨드랑이
에서도
갯내가 흘러나오는지 모른다
바다를 올려다보고 돌아오는 저녁이다

사원들 3
—다시, 고엽

자신의 뒤를 쓸며 걸어가는 사람의
늦은 하오—
막,
거인처럼
누군가 이별을 하고
성큼성큼 소리내어 지나갔을
길의 바닥을 핥고 있는
청소부

이파리들을 비워낸 몸들은
얼마나 부끄러웠을까,
온 산이 온통 죄인처럼 붉다

사원들 4
　―봄날

일조량과는 아무 상관없다
봄을 탄다는 것도
삶의 한 간극이다
일생을 봄을 탄 시인처럼
평생을 주저앉지 않고도
주저앉고 싶은, 그런 봄에는
천치, 백치 둘러앉아
순박하게 웃어도 좋다
무너질 듯 자신의 전존재로
웃어도 좋다
어질지 못한 시어머니와 며느리가
갓 결혼한 새댁과 石女, 과부 아줌마가
때때로 우리 사는 화단 밖에
맨꽃, 들꽃 같은 여자들이
함께, 수다스럽다

얼 굴

—하루 저녁에도 자신의 얼굴을
들여다보다가
늙어죽는 사람들의 수는
헤아릴 수조차 없을 것이다

언젠가 사막을 꼭 횡단하겠노라고
잠꼬대처럼 웅얼거리다가
자신이 사막을 횡단하는 줄도 모르고
늙어가는 남편의 얼굴을 본다
낙타의 얼굴 같다,
그 얼굴을 연신 바라보다가
우리부부는 낙타 부부처럼 닮아버렸다

모래언덕과
모래바람과
모래로 만들어진 집,
입 안 가득 모래가 씹힌다
모래의 말,
모래의 문자
지워지는 것들 위에 대고
지워질 것들을 적고 있다

죽음을 노래했던 새들이 날아가고

이미 오래 전에 죽은 것들이
깔깔깔, 바람 속에 마주 바라보며 웃고 있다
지워지고 있다

새로운 진화법칙

페트 숍에서 만난 술집여자 미쓰리,
요크셔테리어보다 더 펑키한
헤어스타일이 유난히 눈에 들어왔다
펑키 스타일, 둘을 이어주는 야릇한 코드 앞에서
어느새 개 주인은 개를 닮았다
종종 관계는 관계의 상하를 거꾸로 닮는다

개에게 찬밥 한 덩이 말아주는 슈퍼 집 할아버지의 얼
굴에서
개보다 외로운 얼굴을 본다
찬밥 한 덩이, 손님들이 남기고 간 라면 국물에 말아 주
면서
하루 장사의 시름도 국물 속에 말아 넣는다
아무렇지도 않게 받아먹는 순한 개의 눈에서
장사치는 잇속만을 계산하는 속내를 씻는다

적자생존에 싫증난 종들에게,
거꾸로
인간보다 더 도덕적으로 진화한 견공들에게

어둑해진 인간의 영혼이 반짝반짝, 씻기는 걸 본다

껍데기에서 껍데기까지

스물 다섯 해, 아기 하나 낳고
시어머니는 나를 '껍데기'로 부르셨다
제가 무엇을 낳았는지도 모르는
어린것이 어린것에게 젖을 물리고
어린것이 어린것에게 빨린다
태어나 처음으로 나 아닌 다른 것에게
'준다'는 말이 인색치 않다
나 아닌 다른 것으로 몸 밖까지 흠씬 배나온 적
있었을까,
이제서야 나도
내가 아닌 나의 흔적이다

사랑이라는 고치 속에 한몸이던 사랑이
사랑이라는 몸을 벗고 껍데기가 될 때까지
껍데기에서 껍데기까지,
껍데기는
나비였던 나비의 기억이다
내 생애, 가장 높이 날아올랐던
하늘 꼭대기 위,
하나님의 옷걸이 위에 걸어둔

날개옷이다

아주 늙어 내 어린 딸에게 물려줄
내 생애 가장 높이 날아올랐던 날의 고도에 대한 기
억……

어떤 우물에 대하여

  안도현의 시집을 들고 이제 겨우 몇 글자, 읽기 시작한 아이가 '아무것도' 를 '아무도' 라고 소리내 읽는다/멋적은지 이빨을 살짝 드러내고 웃는다
  '것' 에 대하여 안달하던 나도 『아무것도 아닌 것에 대하여』를 '아무도 아닌' 이라 읽는다

  자정이 넘어 잠든 식구의 모습을 본다, 자신의 잠든 모습을 볼 수 있다면, 인식할 수 없는 동안에 자신의 잠든 표정이 얼마나 아름다운지 죽을 때까지 자신은 모른다
  잠자는 동안 죽는 날까지 평생을 돈만 벌게 될 윗집 가게 할머니도, 낮 동안에 할머니 가게에서 대꾸 한 번 없이 일만 하던 조선족 아저씨도, 교회 부흥이 안돼 무거운 얼굴로 한숨을 쉬던 전도사 남편도, 그의 금식에도 자신의 의견 수렴이 안 된 것에 화를 내던 교회 집사님도, 중환자실 복도 앞에서 식물인간이 다 된 어머니를 지키는 이에게도, 판문점 넘어 굶주림에 남의 땅을 넘는 이북 동포들도, 멀리 아프가니스탄이나, 이스라엘 병사들에게도, 다같이 잠든 밤은 아름다운 얼굴이다, 칠순이나 팔순쯤 늙은 노인이거나, 언어와 냄새가 다른 이방인에게라도 잠자는 얼굴은 그지없이 어린아이의 그것 같다

문득 그들의 잠든 얼굴을 들여다본다
어렸을 때 외할머니집에서 들여다 본 우물 같다
말라버린, 눈가에 슬쩍 말라붙은 눈물자국, 고단한 삶
의 자리 위에
이내 말없이 이불을 끌어 덮어준다
낮 동안에 깨어있던 내가 안아줄 수 없던 것을
덮어준다

복날

뼈를 우려낸 국물을 훌훌 들이키고도
상 위에 수북이 뼈다귀가 남았습니다

어머니,
당신을 참 맛나게 먹었습니다
아무런 말도 하시지 않는 당신의 밥상 앞에서
쪽쪽 뼈들을 발라내고 빨아먹기도 했습니다

상 위에 수북이 쌓인 뼈들이
당신인 것을 안 뒤에도 한참을
한 번 소리내 우시지도 못한 당신,

복날이 지나고
가을 바람 서걱일 때
텅 비어버린 당신의 뼈 속으로
우수수 바람 스며듭니다

젖살 뿌옇게 오른 세계에서
또 아기가 태어나고
나도 늙어 당신의 뼈마디에서 들리는

음악소릴 연주해 볼 참입니다

여름이 곳곳에서 무성합니다

이분법에 대한 일상의 소견

햇볕에 빨래를 내다 건다
햇살에 걸린 빨래들,
너무 오만하게 지켜 섰던 영혼이
햇살에 오징어처럼
타 없어질 때까지
일광욕중이다

몸과는 사이가 나쁜 영혼에게
영혼이라는 말에 갇혀 영영 우울할 영혼에게
가을 하늘, 햇살에 걸린 빨래들에 섞이어
제 순수를 잃어버릴까,
잔뜩 겁먹은 영혼에게
개살궂은 사내처럼
간지럼 태우다

깔깔,
영혼도 웃다가 배를 움켜쥐고 자지러진다
웃다가 오줌도 새는 줄 모르고
눈물이 쏙 빠지고
혼이 달아난다

영혼에 영혼의 얼룩이 빠지고
영혼은 비로소 다른 것들과 구별되지 않고
평범해졌다, 깨끗해졌다

햇살 참 좋다,

바보 신부

사과 한 알,
떨어진다

그러나,
속지 마라

사과 한 알,
또 떨어진다
:
또 상한다

의미는 싱싱하지 않다
상한다는 것,
상처입고 썩는 운동에게
이 지속의 힘에게
나는 씩씩하게 박수를 보낸다

삶은 무던하고 질긴 것,
엄살떠는 것들 앞에서
상하고 상처입은 것들에게로

몇 억 광년을 아프지 않게
썩는다

―당신에게로 가고 있다

좌절된 소통의 기호들

엄경희(문학평론가)

1. 부정어가 낳은 생의 이정표

시의 母川은 어디인가? 세계와 자아가 전혀 문제적인
것으로 인식되지 않을 때, 오직 평온함만으로 시간의 물
살이 지나갈 때 말[言]은 마음에 서려있던 긴장과 무게를
벗어버린다. 그러나 생의 시간이 물음표와 배반감으로
끊임없이 자아와 충돌할 때 말은 뭉쳐지고 응결하면서
그 시간의 완강함에 균열을 내기 위해, 그리고 그 시간의
부조리함을 돌파하기 위해 온몸을 뒤튼다. 조하혜의 시
는 이처럼 세계와 자아의 부조리한 관계를 치열하게 묻
고 있는 내적 징표들이다. 일차적으로 그의 시에서 발견
되는 시적 자아의 초상은 자신이 이 세계에서 타자임을
선언한다. "젓갈보다 덜 나가는 인생의 값"(「기념촬영」),
"몇 천 원, 혹은 몇 만 원 짜리 넝마"(「최신판 공포영화」),
"어느 장부에도 나는 기입될 수 없었다"(「당신들과의 대
화 창구」), "온전히 내가 되지 못한 주어들"(「4월」)과 같

은 구절이 그것이다. 세상에게 주어를 빼앗긴 자는 그 주
어를 관장하는 주체의 의지에 따라 수동화되고 도구화
될 수밖에 없는 존재이며, '대상화' 라는 비인간적인 시
선 아래 놓여질 수밖에 없는 존재라 할 수 있다.

  중요한 것은 이러한 존재 상황이 아니라 그것을 시인
이 예민하게 인식하고 있다는 사실이다. 자신이 주어를
빼앗긴 자라는 인식은 그에게 "온전히 분노하지도 못하
는 4월의 내가/묘지 안에 잠들어 있다"(「4월」), "비굴하
게 목숨 부지하는 것들의, 우울한 생리"(「역사에 대한 반
역과 우울한 몽상 1」), "내가 나를 알아간다는 게/지옥이
며 환멸이다"(「역사에 대한 반역과 우울한 몽상 2」)와 같
은 자의식을 낳는 계기가 되며, 이는 또한 그의 시를 낳
는 근원적 힘이 된다. 이 시집에 함께 실려 있는 시인의
自序가 수많은 부정어로 채워져 있는 까닭이 여기에 있
다.

   아버지의 아버지들에게서 전쟁이 대물림되지 않았더
라면
   이북에 있는 아버지의 과수원에서 맨 처음 사과나무가
열리지 않았더라면
   바다가 보이는 남해의 과수원에서 어머니처럼 생긴 단
감나무가 열리지 않았더라면
   아버지의 집에서 어머니의 집으로, 당신들의 집을 배회
하지 않았더라면
   마음의 감옥 안에서 가둔 마음과 갇힌 마음이 서로에게

창칼 들이대지 않았더라면
　쓸모없고 버려진 것들에 마음 빼앗기지 않았더라면
　달콤한 것을 탐하다가 치아가 썩지 않았더라면,
　내가 약할수록 더 혹독했던 당신이… 이 추운 세상에
없었더라면
　사랑하지 못한 것을 눈부신 날에 죄다 온 마음으로 사
랑했더라면

　이 시는 쓰여지지 않았을 것이다

　이 자서는 '않았더라면' '없었더라면' '사랑했더라
면' 등 부정적 어구들로 점철되어 온 시인의 개인사적
내력을 상징적으로 보여준다. 여기에는 전쟁과 자신의
뿌리, 거처를 옮겨 다니며 살아야 했던 고통, 그 속에서
분열된 자아와 욕망, 그리고 그것을 온 마음으로 사랑할
수 없었던 존재 부정의 역사가 담겨 있다. 그러나 사랑할
수 없는 것들이 만들어 놓은 황폐한 자리에서 그의 시는
태어난다. 이제 그는 황폐한 삶에게 말을 걸고, 부정어로
범벅이 된 생에게 자신을 돌려세우기 위해 시의 언어로
고백한다.

　2. 허방, 혹은 존재의 집

　'나' 의 존재 상황을 부정의 어구로 귀결지어야 하는
끝에서 덜질 수밖에 없는 물음은 '나는 누구인가' 라는

근원적 성찰이다. 괴로움과 고통을 반복하면서 어떤 결론에도 도달하지 못하는 '나'는 어떤 의미로 '지금 여기'에 존재해 있는가? '나'는 진정 무의미한 존재인가? 이와 같은 내적 질문의 되풀이를 통해서 조하혜는 '나'에게 반복적으로 회귀한다. 그는 시 「코스모스가 코스모스에게」에서 "점령군에서 아군으로/아군에서 다시 적군으로/나에게서 나에게로"라고 고백한다. 점령군과 아군 사이를 오가면서, 세상과의 싸움과 화해를 반복하면서 '나'에게로 귀결되는 생의 물음을 그는 감내하고 있는 것이다. 그것은 또한 "슬픔이 슬픔에게로/고통이 고통에게로 달려"(「새로운 교감」)가는 슬픔과 고통의 연속을 의미하기도 한다. 슬픔과 슬픔 사이, 고통과 고통 사이에서 진자 운동을 하는 이 생의 서사 속에서 그가 발견한 '나'는 '비어 있음'으로의 존재이다. 그것을 시인은 '도넛'의 상징으로 말한다.

> 뜨끈하다,
> 사람의 모양처럼
> 더운 입김을 가진
> 속이 휑하니 뚫린 튜브 같다
> 헤쳐 보아도 아무것도
> 들어 있지 않은
> '비어 있음으로 나는 존재한다'
> 〈보호관찰소〉에서 만난 아이들 같다
> 어떤 이에겐

트라우마가 곧
존재의 코기토가 될 수 있음을 본다

빈 것을 떠받든 기둥처럼 서 있는
몸,
몸의 부스러기 같은
말,
달라붙지 않는

—「도넛을 볼 때마다」 부분

　‘도넛’ 에 관한 이 철학적 몽상은 존재 사유의 근원이
마음과 감성에 가해진 상처(트라우마)임을 보여준다.
‘속이 휑하니 뚫린’ 존재를 시인은 ‘〈보호관찰소〉에서
만난 아이들’ 과 동일화함으로써 그 비어 있음이 진정으
로 ‘없음’ 이 아니라 세계 안에서 ‘있음’ 으로 의미화되지
못한 채 소외되어 있는 상태임을 암시한다. 이와 더불어
자아가 세계 안에서 의미화되지 않는 존재임을 ‘의식하
는 존재’ 가 ‘도넛’ 이기도 하다. 즉 ‘도넛’ 은 세계로부터
소외된 자아이면서 동시에 그러한 자아 상태를 사유(코
기토)의 대상으로 삼는 자아이다. 따라서 이 시에서 주목
해야 할 것은 ‘비어 있음’ 으로서의 존재만이 아니라 그
것을 인식하고 있는 자아를 함께 강조하고 있다는 점이
다. 조하혜의 내적 고뇌는 이로부터 발생한다. 자신이
‘비어 있음’ 으로서의 존재라는 사실을 인식하는 것은 결
코 행복한 경험일 수 없다. 시 「어떤 우물에 대하여」에서

발견되는 "인식할 수 없는 동안에 자신의 표정이/얼마나 아름다운지 죽을 때까지 모른다"는 시인의 말은 인식 활동을 부정하는 것이라기보다 인식 활동의 고통을 의미하는 것으로 볼 수 있다. 인식 활동이 행복을 가져다주지 않지만 그것은 '진실'과 마주하고자 하는 욕구와 긴밀하게 연결되어 있는 건만은 틀림없다. 한편 이러한 내적 고뇌는 '비어 있음의 존재'에게 입혀진 '몸'을 통해 세계를 향해 '말'을 건넨다. 그러나 '말'은 '달라붙지 않'고 흩어진다. 시인은 그의 또 다른 시 「맨홀의 노래」에서 "폭우 속에 바람 속에 맨홀은 늙어갔다/아무도 맨홀의 노래를 듣지 못했다"고 거듭 말한다. 존재로부터 건네진 말이 진정한 의미로 전달되지 않을 때 '비어 있음'의 상태는 채워질 수 없는 것이다. 따라서 '있음'의 상태로의 진입은 불가능해지는 것이다. 이처럼 차단되고 고립된 상태를 시인은 '가방'의 이미지로 다시 변용 반복한다.

아무것도 가두지 않고
어떤 것도 허용치 않는 분노처럼
세상에서 가장 쓸쓸한,
언제 무너져 내릴지 모르는
허방, 허방의 집이다

—「가방들 2」 부분

'가방'은 무언가를 담는 그릇이라는 점에서 무언가를 담을 때 그 존재 가치를 지닐 수 있다. 그러나 조하혜의

'가방'은 '아무것도 가두지 않고/어떤 것도 허용치 않는
분노'라는 심리적 고통만이 가득한 '허방의 집'이다. 이
위태로운 상태가 그의 존재 상황인 것이다. '아무것도
가두지' 않는 마음의 집은 '아무것도 가두지' 않는 대신
그 스스로가 갇히고 마는 '감옥'이 된다. 시 「을지로 4
가」에서 "손잡이가 없는 문,/그 앞에서/내가 잠근 문일
지도 모르는 나에게/갇혀 있다"고 고백한다. '손잡이가
없는 문'은 열 수도 닫을 수도 없는 '벽'과 같은 것이다.
그 벽에 손잡이를 만드는 것이 바로 이 시인이 열망하는
세계의 그림이다. 그러나 '세상'과 '나' 사이에 손잡이
를 만드는 일이 쉽게 이루어질 수 없음을 그의 시는 보여
준다.

> 훌렁훌렁 달아나는 신발을 신고
> 훌렁훌렁 달아나는 길에 못이나 박으며
> 난쟁이는 난쟁이 나라에서 영원히
> 훌렁훌렁 벗겨진 대머리에 바튼 기침
> 가르랑거리며 늙을 것이다,
> ―「나는 왜, 새로운가 2―고소공포증」 부분

'손잡이가 없는 문' 속에 갇혀 있는 자는 '가다'라는
동사가 말소된 존재이다. '가다'는 어디로의 이행이며
그것은 전환이며 변화이다. 감금되어 있는 자에게 '가
다'는 의식의 자유를 회복하는 것이라 할 수 있다. 그러
나 '가다'에 대한 열망과 그것의 좌절을 시인은 '달아나

는 신발', '달아나는 길'로 나타낸다. 이들은 '갈 수 없
음'을 의미하는 이미지이다. 신발과 길이 '나'로부터 달
아날 때 '나'는 다시 '허방의 집'에 감금되는 것이다. 이
감금의 상황에 대해 시인은 쉽게 낙관론을 펼치지 않는
다. '가르랑거리며 늙을 것이다'라는 표현이 그것이다.
'길에 못이나 박으며' 더는 나가지 못하는 시간의 반복
이 계속될 것이라는 시인의 미래 의식은 그의 다른 시
「어떤 산」에서 도상적 이미지로 드러난다.

<pre>
            산보다 높은 산이 되고 싶었던 사람
            산보다 높은 산에 가다
                    山
                   사람들
              는   山   내
             가   려
             라   너   오
             올   머   는
            산으로   산에서
            산에서   山   산으로
               사람들
                    山
</pre>

                              —「어떤 산」 부분

　　이 시가 드러내고 있는 공간의 모형은 순환적이다. 산
에서 산으로 내려오고 다시 올라가는 순환의 모형은 산

의 형태적 이미지를 드러내면서 동시에 내려오고 올라가는 '길'의 운동성을 내포한다. 내려오고 올라가는 것의 순환은 반복을 의미한다. 그리고 이 모형은 산 너머 산, 사람 너머 산이라는 겹겹이 둘러싸여 있는 공간을 그 내부에 지니고 있다. 이와 같은 산의 모형도는 밖이 없는, 그 자체로 완결된 세계의 구도를 드러낸다. 완결된 공간의 형태는 차단과 고립, 두절, 감금 등의 심리와 연결될 수 있다. 조하혜는 내려오고 올라가는 반복성이 곧 삶이라고 말하고 있는 듯하다. 그러나 '산보다 높은 산이 되고 싶었던 사람/산보다 높은 산에 가다'라는 문장에 주목할 필요가 있다. 올라가고 내려가는 반복의 구조가 그야말로 반복에 불과한 것이 아니라 '산보다 높은 산'에 도달하는 방법임을 말하고 있는 것이다. '깨달음'을 의미하는 '산보다 높은 산'은 순환적 고통 속에서 얻게 되는 道라고 할 수 있다. 여기에는 시인의 삶의 태도가 함축되어 있다. 조하혜는 고통을 받아들이면서 그것을 자신의 정신적 자양으로 뒤바꾸고 있는 것이다. 한 편 이러한 심리 작용은 외부로 자신의 의식을 확장하려는 의지가 억압되어 있음을 나타내는 것이기도 하다. 시 「불면증」에서 "생판 모르는 얼굴들과/서글서글 내 얼굴 까놓으며/숨어살고 싶어진다"는 고백에서 '숨다'라는 말을 발견할 수 있는데 이 또한 위축된 그의 심리를 대변해주는 예이다. 즉 그는 이 세계를 뒤바꾸려는 투쟁 의지보다는 그것을 감내하려는 태도 속에서 자기 성찰을 꾀하고 있는 것이다. 그런 의미에서 그는 낙관보다는 비관

쪽으로 기울어져 있는 것이 사실이다. 그러나 이러한 생에 대한 비관적 태도가 그를 깊이로 이끄는 것 또한 사실이다.

3. 세계 읽기, 그리고 읽기와 지우기

조하혜의 시에서 읽혀지는 '존재의 비어 있음', 즉 고립과 감금의 존재 상황은 역으로 '나'를 둘러싸고 있는 세계가 부조리한 상태임을 나타낸다. 모든 소외와 억압의 배후에는 폭력적인 힘이 있게 마련이다. 그 힘은 지배력이며, '나'를 이 세계 속에서 타자화하는 권력이라 할 수 있다. 권력에 종속되어 있는 '나'는 온전한 의미에서의 존재성을 박탈당한 자라는 점에서 비인간화된 채 생존해야 한다. 사물화된 인간, 노예화된 인간으로서의 삶을 벗어나기 위해 조하혜는 소통의 기호들을 강구한다. 그러나 권력의 힘이 막강하면 할수록 '나'의 소통 욕망은 외부 세계에 닿지 못한 채 번번이 좌절되고 만다. 세상으로부터 거부당한 소통의 기호들은 그런 의미에서 상처받은 자아이다.

당신을 만나러 가기 위해 신발이 시달리고, 현관문이 시달리고
계단이 시달리고, 당신을 만나러 가기 위해 길이 시달린다
길 끝에 〈버스 정거장〉이 시달리고, 몹시 흔들리는 버

스가, 어지럼증이, 멀미가… 시달린다

차마 너무 예쁜 노랑꽃들이 시달리고, 차창 밖의 빨강 지붕, 파랑 지붕이 시달리고,

주름 스커트가 시달리고, 유리문이 시달리고, 의자가 시달린다

주루룩 의자 위로 내가 쏟아지고, 뜯어지고, 찢겨지고, 구겨진다

당. 신. 이라는… 당신, 이라는 당신에게서

시달리며 당신을 만나러 온 내가 내게서 뜯겨지고, 나에게서

산산히 부서지고… 깨지고 깨나고, 당신에게서 포장된다

—「당신A」 부분

익명의 '당신A'는 '나'를 '포장'하는 존재이다. 따라서 '나'는 '당신A'의 필요와 의향에 종속되어 있는 사물로서의 존재이다. 그런 '당신A'와 '나'와의 관계는 곧 위계화를 뜻한다. 위계화가 낳는 '차등'은 '너'와 '나'의 다름을 뜻하는 것이 아니라 '너'와 '나'의 관계가 서열화되어 있음을 말한다. 이러한 위계적 관계 구조를 벗어나기 위해 '나'는 '당신A'와 진정한 만남을 갖기를 갈망한다. 그러나 '당신'을 만나러 가는 과정은 '시달림'의 연속으로 이루어진다. 신발과 현관문, 계단, 길, 버스 정거장, 노랑꽃, 지붕, 주름 스커트, 유리문, 의자 등 '나'에게서 당신을 향해 열려 있는 모든 '회로'들이 멀미와

어지럼증으로 동요한다. 결국 '나'는 쏟아지고, 뜯어지고, 찢겨지고, 구겨진다. '나'는 파괴되고 해체됨으로써 자아를 상실하고 마는 것이다. 그리고 '나'는 당신에게서 포장된다. '나' 아닌 '나'가 당신에 의해 다시 제조되는 것이다. '나'는 진정한 '나'를 잃고 부재함으로써 존재해 있는 허방이며 도넛인 것이다. 고귀한 생명적 존재로서의 가치를 박탈당한 채 구겨지고 부서지는 사물화된 존재로 살아야 하는 '나'는 비인간화된 기만적 세계의 폭력을 몸으로 담아내는 '대상물'이라 할 수 있다. 조하혜는 이러한 기만적 세계의 고질화를 교체와 보수가 불가능한 세계로 인식한다.

센서가 망가진 A_1을 A_2로 교체했으나
쉽게 바뀌지 않는 건망증은 결국 A_1과 A_2 모두
A라는 속성 말고는 별다를 게 없는
불능의 속성을 공유케 했다
센서를 고치는 비용은 A_1과 A_2 혹은 A_3, A_4…… 의
가습기로 교체하는 비용과 별다를 바가 없어서
지난 해 잉크젯 프린터의 헤드 고장 때처럼
반년 이상 수리냐, 교체냐를 두고 방치되기에 이른 것
이다

집은 날마다 고장난 기계들로 채워졌다
결국 무엇을 어떻게 사들여야 하는 문제와
무엇을 어떻게 버려야 하는 문제로

기계는 사유를 점령했다

나는 가끔 멍해져서
깜박 잊고 너무 오래 나의 전원을 켜두었을지 모른다고
생각한다
인간은 센서가 고장난 뒤에도 인간을 고집한다
반쯤 퓨즈가 타버린 역사가 보수와 교체 속에서 지속된
다

오랫동안 방치된 줄도 모르고 방치된 것들의 집
　　　　　—「나는 왜, 새로운가 1—집 이야기」 부분

　'집'은 육신과 정신에 휴식과 안정을 제공하는 근원적
공간이다. 그 근원이 흔들릴 때 존재는 불안과 강박의 심
리 속에 갇히게 된다. 조하혜의 '집'은 파손과 결손이 가
득한 '방치된 것들의 집'이다. 고장난 것들로 가득한 이
집은 시적 자아를 '수리냐, 교체냐'를 두고 갈등하게 만
들고 '무엇을 어떻게 사들여야 하는 문제와/무엇을 어떻
게 버려야 하는 문제'로 시달리게 한다. 이러한 시달림
은 '나'의 사유를 낭비케 하고 더 나아가서는 그 자체의
작용력을 마비시킨다. 고장난 것은 기계들이지만 고장
난 기계 때문에 '나' 또한 고장나고 마는 것이다. 그것은
'건망증'과 '건망증'에 대한 강박을 낳는다. 센서가 고
장난 기계처럼 '나' 자신도 고장났을지도 모른다는 강박
이 '나'를 짓누르고 있는 것이다. 이와 같은 기계와 '나'

와의 관계는 세계와 자아의 관계에 대한 알레고리적 표현이다. 망가진 세계는 망가진 존재를 양산함으로써 끊임없이 '보수와 교체' 를 해야 하는, 혹은 그 갈등 속에서 방치되어야 하는 악순환의 역사를 기록하게 되는 것이다. 이러한 구조 속에서 '인간을 고집한다' 는 것은 맹목이 될 수 없는 자아에 대한 자존을 나타내는 것이며 동시에 진실과 허위 사이에서 고통당해야 하는 존재의 무거움을 함의한다. 진실과 허위에 대한 판가름을 감행할 때 고장난 채 방치된 것들을 온전한 것으로 되돌려 놓을 수 있는 것이다. 그 온전함의 구조가 소통 불능의 세계를 전환시키는 새로운 역사가 될 것이다. 그러나 진실의 얼굴은 쉽게 드러나지 않는다. 진실을 발견하기 위해 시인은 두텁게 덧입혀져 있는 세계를 스크래치한다.

> 복원되지 않을 삶들이 매몰되었다
> 수천 년, 혹은 헤아리지 못할
> 환멸의 두꺼운 벽 아래
> 나와는 무관하게
> 내 삶에서 등 떼밀어버린 유년을,
> 유년의 幻을 보았다
> 환멸이란 이름의 스크래치 안에서
>
> ─「유년의 幻 ─여름 장마」 부분

'환멸의 두꺼운 벽' 으로 가로막혀 있는 시간의 얼굴을 보기 위해 시적 자아는 그 벽을 긁는다. 환멸의 벽은 시적 자아와 갈등했던 시간의 질과 두께를 말해주는 이미지라 할 수 있다. 두껍게 가로막고 있는 이 벽은 절망과 좌절을 반복 경험하게 했던 사건들과 그것에 대한 기억 모두를 뜻한다. 이 시인은 '읽기'라는 행위를 통해 멀리 사라진 세계를 현재의 시간 속에 복원한다. 읽혀진 자국 속에서 그는 '유년의 幻'을 본다. 그것은 '나와는 무관하게,' 다시 말해 나의 의지를 묵살한 어떤 강압적 힘에 의해 '벽' 뒤의 공간으로 매몰되었던 것들이다. 매몰되었던 것들이 무엇인지 확인하는 이 작업은 강압적 힘에 대한 저항이면서 동시에 자기 정체성을 회복하기 위한 노력이라 할 수 있다. 잃어버린 자아를 찾아 완강한 환멸의 세계에 균열을 가하고 있는 것이다.

이러한 과정 속에서 그가 깨닫는 것은 '幻'이라는 단어가 내포하고 있는 이중의 의미, 즉 긍정적 의미로서의 꿈의 세계와 그야말로 환상에 불과한 세계라는 부정적 의미가 함께 겹쳐져 있는, 오독과 착란과 망상으로 덮여 있는 세계 속에 자신이 존재해 있다는 사실이다. 진실 혹은 진리라고 믿었던 것, 자명한 것이라고 의심치 않았던 것들이 어느 순간 망상에 불과한 것이며 그 망상이 허위를 만들어낸 것임을 그는 깨닫는다. 시 「나는 왜, 새로운가 3—역사에 대한 무의식의 질병」에서 시인은 "남산은 남산으로 보이지 않기도 하고/남산이 되었다가,/남산이란 남산이 아닌 것을 남산으로 알고 지냈다고/산책자를 경고하는 것이다/표지판을 세워두어야겠다"고 말한다. 그리고 「망상과 싸우다」에서는 "종말은 역사의 망상/역

사는 인간의 망상/인간은 인간의 망상일 뿐"이라고 말한
다. 이는 모두 '앎'과 '믿음'에 대한 회의를 나타낸다.
'읽기'를 통해서 그가 발견해 낸 것은 모든 '앎'이란 망
상에 불과할지도 모른다는 진실이다. 그는 이와 같은 불
가지론의 세계 속으로 빠져들면서 내적 허무로 미끄러
진다. "모래의 말,/모래의 문자/지워지는 것들 위에 대고
/지워질 것들을 적고 있다"(「얼굴」)고 그는 고백한다. 여
기서 다시 한번 이 시인의 비관적 성향과 마주치게 된다.
'적다'(읽다)는 '지워지다'와 맞물리면서 말 건네기와
기록하기 등의 소통의 몸짓을 다시 '無'로 환원시킨다.

4. '사랑'을 찾아가는 몇 편의 노래

이 세계의 허위와 위선을, 그리고 그 허위와 위선이 낳
고 있는 악순환을 생각할 때 섣부른 낙관보다 비관이 더
진실한 태도일지도 모른다. 세계와 자아와의 관계를 파
고들 때 지배와 피지배로 얼룩진 부조리한 구조와 마주
치는 것은 그리 어려운 일이 아니다. 타자인 '나'의 복귀
가 결코 쉽지 않다는, 아니 불가능할지도 모른다는 조하
혜의 세계 인식 태도는 이러한 경험과 고뇌로부터 배태
된 것이다. '나'를 감금하고 위축시키며 '나'의 본질을
강탈해 가는 막강한 세계 앞에서, 개인은 무력한 존재일
지도 모른다. 손잡이가 없는 환멸의 벽을 뚫고 오독과 착
란과 망상을 넘어 진실과 만나는 일은 결코 짧은 시간에
이루어질 수 있는 꿈이 아니다. 환멸의 세계를 향해 건네

는 말들이 진정한 의미와 가치로 복귀할 때 허방으로서
존재하는 '나'는 '나'를 대상화하고 있는 시선으로부터
자유로운 존재에 이를 것이다. 그러나 '나'의 말들은 언
제나 교신에 실패하고 만다. 이것이 '앓았더라면'으로
반복되는 조하혜의 '부정어'의 세계이며 이 '부정어'의
세계가 그를 시 쓰게 하는 동력이다.

   '부정어'의 세계를 끝까지 밀고 가고자 하는 조하혜의
태도는 그러나 생에 대한 사랑에서 비롯된 것이라 할 수
있다. 그의 시에서 보여지는 몇 편의 시가 이를 말해준
다. 「껍데기에서 껍데기까지」를 비롯하여 「복날」「바보
신부」「사원들 4—봄날」「창밖의 여자」「사랑한다」 등이 그
예이다. 그는 "눈이 와서 신나는 사람과/비가 와서 우울
한 사람과/사랑으로 행복한 사람들에게//난 그대들의 窓
밖의 여자/끝없이 세계의 이편으로 추파를 던지는……"
(「창밖의 여자」)이라고 고백한다. 그리고 "상하고 상처
입은 것들에게로/몇 억 광년을 아프지 않게 썩는다"(「바
보 신부」)고 다짐한다. 이 사랑의 힘이 그의 '부정어'의
세계를 전환시키는 막강한 힘이 되었으면 하는 바램이
다. 그의 시 「사랑한다」는 '앓았더라면'을 반복하고 있
는 이 시집의 自序와 짝을 이루는 또 다른 自序라 생각되
어 마지막으로 적어본다.

   눈이 어두운 두더지를 사랑한다, 두더지라는 조금 징그
  런 이름을 사랑한다
   허허로운 겨울 산책길에서 만난 철모르는 개나리꽃을

사랑한다

　철모르고 불쑥 피었다가 시들 새도 없이 죽은 것들을
사랑한다

　새끼를 사산한 후 심드렁한 슈퍼집 개 누렁이를, 누렁
이의 흰창눈을 사랑한다

　매서운 바람부는 어느 추운 날, 꼭―다문 여자의 입술
을 사랑한다

　한없이 떠는 것들 속에서 떨면서 떨지 않는 그 입술을
사랑한다

　여자의 환심을 사기 위해 마음을 훔치는 사기꾼을 사랑
한다

　뻔한 거짓말로 마음을 훔치는 기술을, 그 호주머니 안
으로 밀려오기까지

　자라지 않는 어린아이 같은 여자의 마음들을 사랑한다

　시골 장터에서 만난 곰보 여자의 얽은 얼굴을 사랑한다

　살성보다 더 늘어진 그녀의 웃음을, 팔자보다 더 늘어
진

　그 웃음의 주름을 사랑한다

　2차 세계대전 당시 나치군의 전선에서 불려졌다가 지
금은

　찬송곡이 된 노래를 사랑한다, 가사가 바뀌어도 곡조가
남아

　'영광'을 찬양하는 이 치욕을 사랑한다

　미워하고 미워하기에도 때로 너무 미운 것들을

사랑한다
사랑하고 사랑하기에도 하나도 사랑스럽지 않은
눈부시게 아름다운 시절에,
사랑해선 안 될 것들을 사랑한다